AF300333

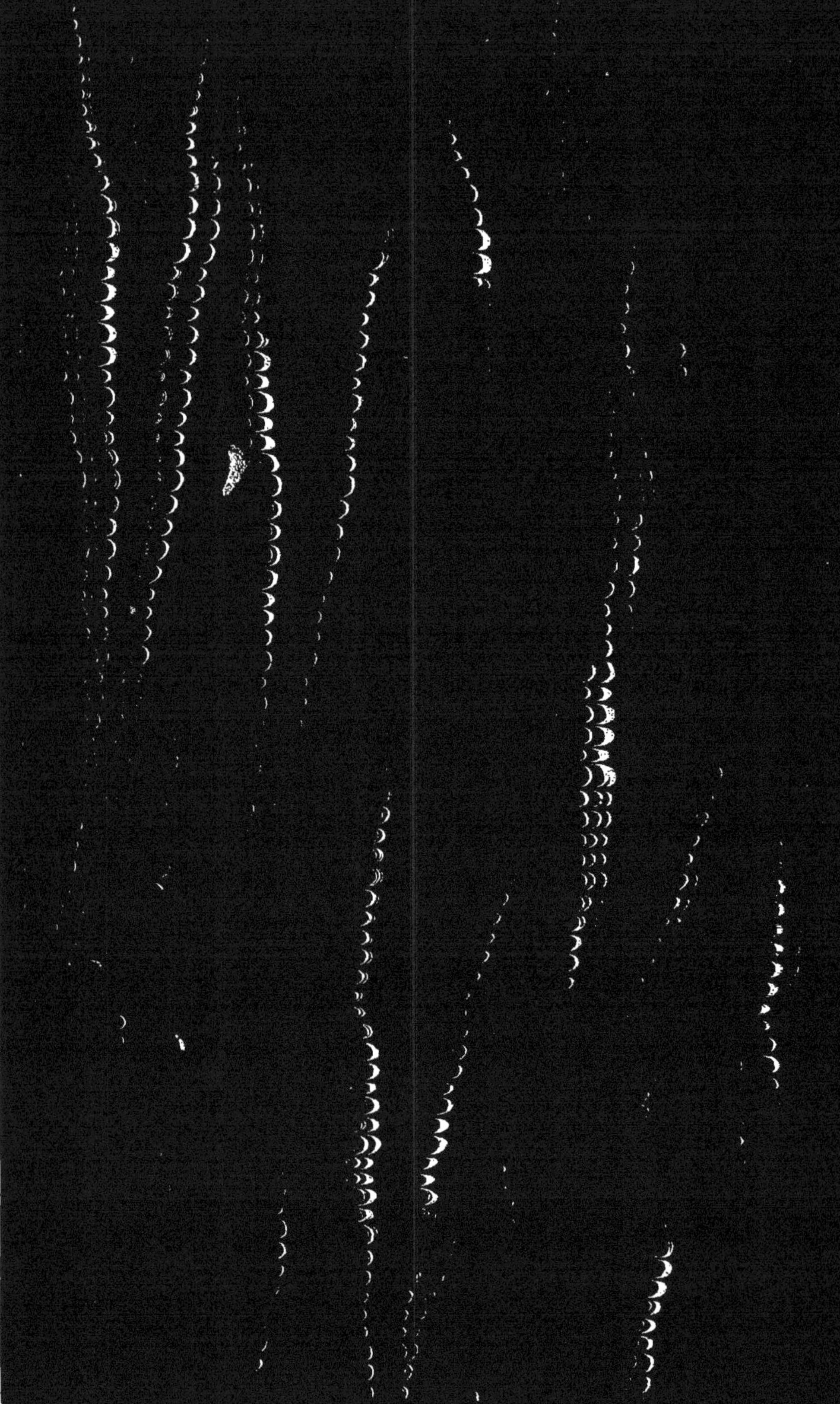

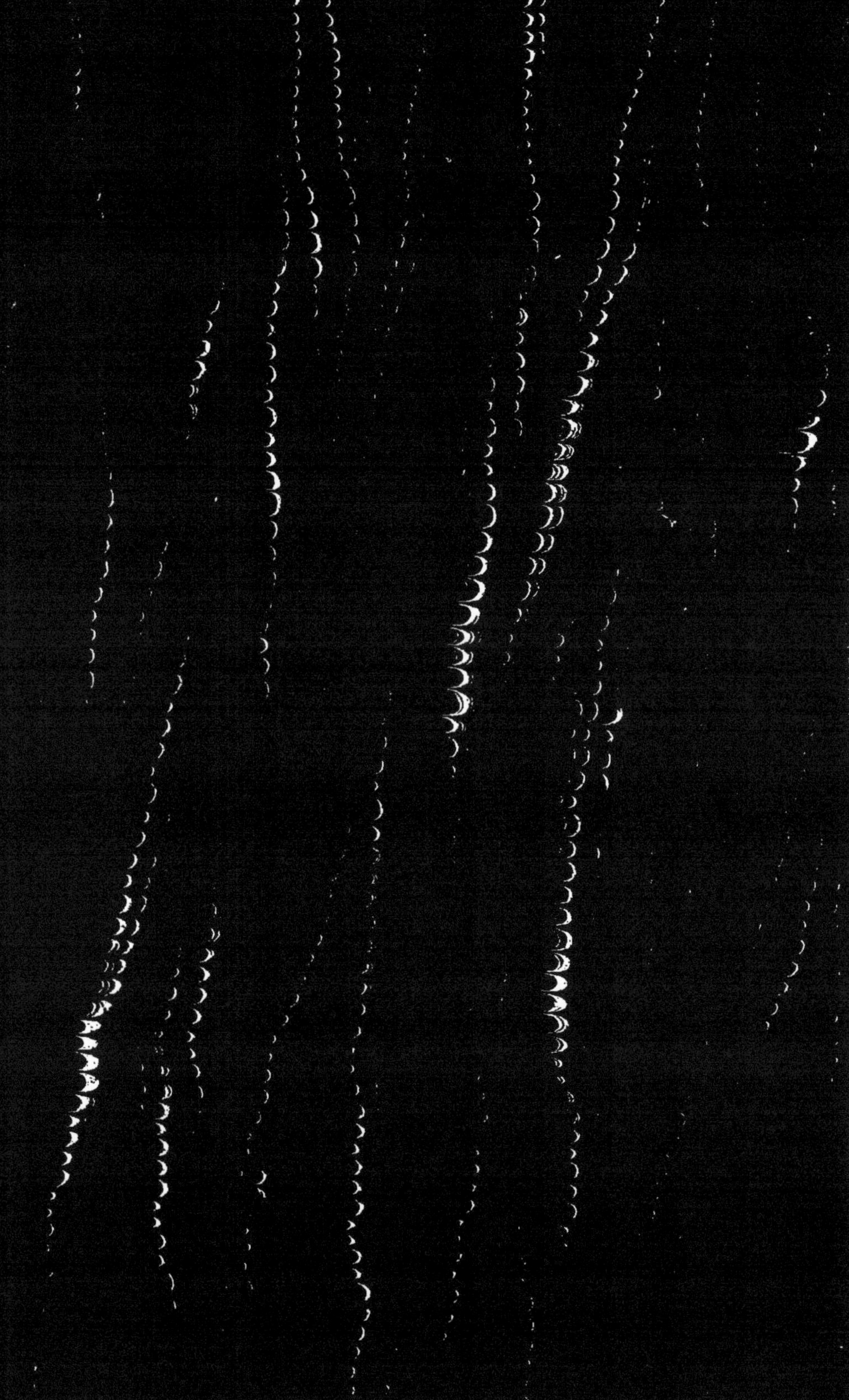

ENTRÉE

DE CHARLES IX

A PARIS.

Réimpreſſion à cinquante exemplaires, par Louis Perrin, imprimeur à Lyon, pour Auguſte Aubry, libraire à Paris, achevée le premier feptembre 1858.

ENTREE

DE

CHARLES IX

A PARIS

le 6 Mars 1571.

A PARIS

Chez AUGUSTE AUBRY,

L'un des libraires de la Société des Bibliophiles françois.

1858

DESCRIPTION DES

Appareilz, Arcs triumphaux, Figures & Portraictz dreſſez en l'hōneur du Roy, au iour de ſon entrée en la ville de Paris, le ſixiéme iour de Mars, M. D. LXXI.

A Paris,

De l'Imprimerie de Guillaume de Nyuerd,
Imprimeur ordinaire du Roy.

Auec priuilege dudict Seigneur.

A REVERENDISSIME

PRELAT, MESSIRE CHARLES

de Guillard, Euefque de

Chartres.

Mᴏɴsᴇɪɢɴᴇᴜʀ,

L y a ia long temps que ie vous euſſe preſenté les premiers fruicts de mes eſtudes & labeurs, ſi vne honte aucunemēt ruſtique, & non par aduenture receuable ne m'en euſt par pluſieurs fois deſtourné, craignant vous empeſcher à la lecture de choſes ſi baſſes que ſont celles qui partent de mon entendement & ſçauoir, qui auez touſiours eu le maniement de grādes charges & affaires en ce royaume. Or à preſent eſtant ſuffiſamment informé de l'honeſte courtoiſie & humanité, de laquelle vous receuez tous ceux qui deſirent auoir part en voſtre ſeruice, & m'eſtāt ces derniers iours mis à compoſer vn hymne ſur les entrées de noſtre Roy & Royne en ceſte ville de Paris (que i'ay toutesfois icy voulu cōprendre en vne) pour teſmoigner de ma part la ioye qu'vn chacun bon & loyal ſuget doit auoir à ceſte triomphale & magnifique venue de leurs maieſtez, i'ay pris la hardieſſe de vous offrir ce mien petit labeur ou pluſtoſt esbat d'eſprit, lequel vous prendrez s'il vous plaiſt en bonne part, comme venant de celuy qui deſire vous honorer & ſeruir (ainſi que ſon bon prelat & ſeigneur), tout le temps de ſa vie, pourueu que ce ſeruice vous ſoit aggreable. A Paris de Mōtagu ce 6 de Mars, 1571.

Voſtre tref-humble & tref-obeïſſant
ſeruiteur, Iaques Preuoſteau, Chartrain.

HYMNE TRIOMPHAL

fur l'Entrée du Roy & de la
Royne, en leur ville de
Paris, l'An mil cinq
cens feptante
& vn.

Par Iaques Preuofteau, Chartrain.

MVSES aux beaux cheueux, hoftefes de Parnafse,
Venez tenāt en main un Laurier qu'entrelafse
Quelque chapeau de fleurs.
Viens Dieu flamme-luifant a la tefte dorée,
Touche l'Iuoyre blanc de ta Lyre honorée.
Arriere loing les pleurs.

8

Venez & par trois fois d'vne voix accordante
A-ce iour sur les nerfs de vostr' Harpe sonante
        Dictes auecques moy
Ió Pæan ió & de-puis l'Aube encore
Iusqu'au lit bazané que le soleil colore,
        Chantez, Viue le Roy.

Muses, hastez le pas & laissez vostre grotte
Qui vous arreste aupres du leiche-mur Eurote
        Pour vous trouuer icy.
Et toy Dieu Cynthien laisse ta vague Delle:
Qu'vne fumeuse nuict ta face n'emmantelle
        Pour t'y trouuer aussi.

Ha! ie te voy Phœbus: ie vous voy Pierides
I'entends les cygnes blancs dedans voz temples vuides
        Chanter plus doucement.
Ie voy les beaux cypres herissez par le feste,
La Palme & le Laurier qui branstent ia la teste
        A vostre aduenement.

Sus donc enfans de chœur, vestez vos robbes blanches
Chantant Ió Pæan! entez de vertes branches
        En vos deux poings puceaux.
Faites entendre donc cette superbe entree
Des Indes emperlez a la couche pourpree
        Des soule-feux cheuaux.

Voicy voicy venir en triomphe vne trope
D'esquadrōs arrangez qui par les chãps gallope
  En superbe appareil.
Vn épais tourbillon par la poudreuse plaine
Des cheuaux corne-piedz soufflans a grosse haleine
  Obscurfit le soleil.

Ió voicy la Paix qui marche la premiere
En vn char etoillé. Ie voi ia la lumiere
  De ses yeux flamboyans.
Vn prophete laurier luy ceint la tresse torte,
Vn heureux oliuier en sa destre elle porte
  Aux rameaux verdoyans.

Vn epi iaunissant a la perruque blonde
Epi noble present de Cerés la feconde
  Luy arme lautre main.
Suit apres la Concorde és mains de qui se dore
Vn sceptre plein de soing, & qui cōpasse encore
  Les sons du ciel hautain.

Et ses sœurs & la Foy qui d'vn drap blanc se voile
Et la Iustice a lœil ardant comme vne estoille
  Qui va tout eclairant.
Vne balance pend en sa main recourbée
Soubz son bras elle cache vne homicide epée
  D'vn regard menaçant.

La vertu que l'Honneur ſuit a la teſte nüe
Conduit par Cupidon, auance ſa venüe
    A ce lieu qui l'attent.
Vertu dame d'honneur ſimplement habillée
Qui ſeant ſur le hault d'vne pierre quarrée
    Tient en ſa main vn ſerpent.

Marchent auecques elle Amour & l'Abondance
La Honte au front vermeil & leur ſœur Eſperāce
    Nourriſſiere des Vieux,
Quauec vn manteau verd la Nemeſe accompagne
Et qui pour ſe vanger, ſe met en la campagne,
    Des obſtineʒ enuieux.

Iô Pæan Iô: Vient apres Hymenée
La chappe bleüe au dos: ſa iambe eſt ſaffranée
    D'un iaune brodequin.
Ses cheueux ſont couuers de verte mariolaine
Il tiẽt vn flambeau clair en ſa dextre, & demeine
    En l'autre vn voile orin.

Iô Voicy le Roy qui ſur France commande,
Et qui des qu'elle print naiſſance, fut ia grande
    La haute Maieſté.
Vient la Clemēce auec qui rõpt l'effort de guerre
Vient l'Honneur empourpré courõné de lhierre
    Et la Felicité.

Iô Pæan, io Quelle troupe effroyable
Hurte ſi rudement la terre couure-ſable
    Marchant en ordre apres.
Iô ceſt Mars captif a la main rougiſſante.
Bellonne au poing ſanglãt Bellonne arme-puiſſante
    Le coſtoye de pres.

Iô c'eſt la Fureur a la teſte indomptée
Dechirant ſes cheueux pour ſe voir garrotée
    De cent chaines d'airain.
La force aux bras de fer auec elle captiue
Debat, Dueil, & Courroux qui côtre peur eſtriue
    Vont auecques ce train.

Courroux qui dãs ſes yeux n'a qu'eſclair n'a que foudre,
Et qui fait cent ſoldats broncher deſſus la poudre
    Pour un eſſay d'aſſault.
Malice aux piedʒ boiteux: la faulſe Tromperie
Qui porte vne apparêce au frõt de preud'homie
    Voillée par le haut.

Vn pied en-couleuuré la fait finer en monſtre,
Et nageant ſur les eaux de Cocyte elle monſtre
    Sa face ſeulement.
Diſcorde marche auec, captiue & priſonniere
Vn atour de ſerpens luy ſerre la criniere
    Sifflans hideuſement.

Un sang demi-figé luy plombe le visage
Un œil demi-meurtry se rouille plein de rage
    En son chef inhumain.
Un haillon dechiré luy couure les espaules,
Un flambeau teint du sang des animeuses Gaules
    Luy rougist en la main…

Iô Pæan Iô : Mon Dieu quelle noblesse
De grands seigneurs François se marche par la presse
    Et derriere & deuant :
Les Zephyres molletz, de fleurs les chãps tapisset :
Par ou passe le Roy les chemins se verdissent
    Soubz l'aile d'vn doux vent.

Par trois fois le vieillard au blãc mentõ de Seine
A leué de ses eaux son chef, pour voir la plaine
    Ou le triumphe estoit.
Par trois fois a caché sa cruche mariniere :
Par trois fois a plongé la branche peupliere
    Qu'a son front il portoit

Et, l'Amour des Tritõs, les Nymphes Sequanoises
Se sont teües de voir par les plaines Françoises
    Tant de seigneurs venir.
Iô Pæan Iô, Sus sus qu'on face place
Voicy le Roy, I'entends I'entends defia l'audace
    De son cheual fremir.

Au deuant Marne vient tenant sa corne riche
Pour saluër le Lys auec l'Aigle d'Austriche
      Par les champs tapissez.
Et les Nymphes de Seine en cottes violettes
Vont versant au deuant les belles violettes
      Des paniers treillissez.

Le printemps amoureux y va d'vne aille enflée
Semant vne moisson de mainte giroflée
      Et d'œilletz frais cueillis.
Les Faunes cheure-piedz, les gayes Oreades
Les Satyres barbus, les Syluains, les Dryades
      Quictent là leurs taillis

Les Nayades, le clair de leurs fontaines viues :
Les Nereides sœurs, leurs marinieres riues
      Pour voir les fleurs de Lys.
Paris, sejour des Rois, d'autre part s'y presente
Le pourpre Tyrien de sa robbe ondoyante
      Erate en cent repliz.

Ses cheueux sõt tressez de maintes blãches roses :
Ses doigs sont butinez de maintes perles closes
      En un or iaunissant.
La fortune la suit & sa sœur Abondance
Qui de sa corne riche engraisse nostre France
      A ce iour blanchissant.

Suit son mary de Seine a la teste cornue
Qui d'vn ionc bleu se ceint la cheuelure nue,
    D'vn voile blanc couuert.
Ió voicy le Roy & sa chere compagne
Auançans leur marcher par la molle campagne
    Que couure vn tapis vert.

La Cour le va trouuer en humble reuerence :
Le peuple ioint ses pas a la meure prudence
    Des vieillards empourprez.
L'air est enflé de bruit : une noire poussiere
S'esleue iusqu'au ciel & la plaine bletiere
    Gemist dessoubz les piedz.

Le monde est tout ioyeux attendant par les rues.
Les champs sont en repos & les courbes charrues
    Dorment sans faire rien.
Les feux sont allumez & la flamme bouillante
Craque fumeusement soubz la voute pendante
    D'où vient tout mal & bien.

Autour d'iceux se font les danses amoureuses,
Les festins enyurez, les ioustes hazardeuses
    Les tournois & combas.
Et la liesse auec qui ses deux cuisses lie
D'un brodequin pourpré tout le peuple conuie
    A prendre ses esbatz.

Lieſſe aux yeux rians, a la treſſe pourprée
Qui ha viergeallement la face colorée
    D'vn rouge vermillon.
Or ça voicy le Roy, le voila iuſqu'aux portes
Ió, Ie voy leuer ſoubʒ ſes fieres cohortes
    Vn roüant tourbillon.

Comme Phœbus quittant les neiges de Lycie
Va voir les beaux lauriers de Dele ſa patrie
    Qui l'auoient veu naiſſant.
Il marche lentement ſur la frilleuſe crope
Du Cynthe cheuelu : le Crete & le Dryope
    Eſt autour fremiſſant.

Or il danſe, or il chante & d'une feuille molle
Preſſant l'or enfilé de ſon chef, il carolle
    En rond diuerſement.
Tel eſt le Roy marchant en ſuperbe equipage
Tel l'honneur auſſi luiſt en ſon diuin viſage,
    A cet aduenement.

Vn fier cheual ſoubʒ luy, guerrier, aime-carriere
Ecume bondiſſant par la vuide carriere
    Couuert d'vn pourpre fin.
La Royne eſt à coſté ſon epouſe nouuelle
Qui cache vne Iunon ſoubʒ le nom d'Iſabelle
    Digne de ſon Iupin.

Race chere des Dieux, vne agrafe mordante
Luy ferre les replis de fa robbe eclatante
    Qu'vn rouge pourpre teint.
Vn or riche crepé, de cheueux la decore
Auec vn teint pareil a celuy de l'Aurore
    Qui la face luy peint.

Telle eſt ta ſœur, Phœbus, la vierge foreſtiere
Quãd ſur les bordz d'Eurote, ou ſur la cime fiere
    Du roc Menalion,
Elle foule a deux piedz les honneurs des fleurettes
Et fait ſonner au dos ſa trouſſe & ſes ſagettes
    Qu'enceint vn beau lien.

On la cognoiſt marcher entre mil Oreades
Comme on voit ſe dreſſer entre les buiſſonnades
    Vn ſapin aux bras longs.
D'autre part ſuit auſſi la Cybele Françoiſe
Mère de deux grands Roys que les diſcordz accoiſe
    Des mutins Aquilons.

Telle iadis Cybele, a qui la teſte porte
De trois peſantes tours vne couronne forte
    Aux cheueux blanchiſſans,
Se marchoit hardiment dans vne coche fiere
Par les champs Phrygiens, pour eſtre la grand' mere
    De tant de Dieux puiſſans.

Iô voila le Roy, le voicy ia tout proche
Pour luy faire la court, la Reuerence approche
    En virginal habit :
Et la ville humblement luy offre son seruice
Le suppliant qu'il soit fauorable & propice
    A son deuoir petit.

Ho! le voila qu'il entre, Iô süs que l'on crie
Iô Pæan, Iô Qu'auecques moy l'on die
    Enfans, Viue le Roy.
Entre l'Hõneur auec, en triomphe, & la Gloire
Entre la Majesté dans vn throne d'yuoire
    Auec la blanche Foy.

Va deuant la Clemēce, au doux visage, & guide
Du char triomphateur les cheuaux par la bride
    Riches de pourpre & d'or.
Entre dedans auec la Ieunesse choisie
Des plus nobles Seigneurs d'Europe & de l'Asie
    Vestus de pourpre encor.

Vne moisson s'epand de troupes Alemandes
Par les chemins estroitz & de Françoises bandes
    Qui vont tout poudroyant.
Iô Pæan Iô, Quelle grosse poussiere
Des yeux des spectateurs derobbe la lumiere
    Du grand œil cler-voyant!

Accourt à-ce triomphe vn peuple innumerable
La ieuneſſe qui boult, la vieilleſſe honorable
    Ne s'en veult abſenter.
Les vns grimpent au hault des maiſons eſtõnées,
Les autres ſont pendans aux tombes ecornées
    Pour leurs yeux contenter :

Nulle feneſtre eſt vuide, & parmy la meſlée
Chacun voit & reuoit d'vne longue rangée
    Les grands Seigneurs marcher,
La voix va juſqu'au feu des eſtoilles dorées
Le cry va iuſqu'au hault des voutes etherées
    Le pole rond toucher.

Iô Pæan Iô, La voix en lair redouble !
Iô Viue le Roy, dit le peuple & lair trouble
    Le va par-tout chantant.
Les clairons, les tãbours, horriblemẽts de guerre,
Rempliſſent tout le ciel d'vn orageux tonnerre
    Et d'vn foudre éclatant.

Au deuant des maiſons les torches allumées
Dardent hideuſement une nuict de fumées
    Iuſqu'au ciel azuré,
Et les feux allumez de toutes pars ſe voyent
Qui celans la clarté du beau ſoleil flamboyent
    Par le vuide eclairé.

Les filles non encor aux nopces appelées
Et les ieunes garçons chantent des Hymenées
  Du ſoir iuſqu'au matin.
Le hault-bois doux-ſonnant, le ſiſtre chante-chorde
Le cornet en roué, le luth doré s'accorde
  Au ſon du tãbourin.

Iô, Quelle épaiſſeur de parfuns d'Arabie
Iô Quelle moiſſon des odeurs d'Aſſyrie
  Fume ſur les Autelʒ!
Quel orgueil menaçant des fieres pyramides
Qui leuent vn ſourcy iuſqu'au palais plus vuide
  Des haulx Dieux immortelʒ!

Quelles ſuperbes tours, coloſſes & ſtatuës,
Quelʒ grãds pegmes aiſleʒ ſe voyent par les ruës
  Enteʒ dedans les cieux:
Iô, Quelʒ ieux publics! quelles voix eclatantes
Par les theatres haults! quelles tours menaçantes
  D'vn front audacieux?

Ha! voicy ia venus le Lys & l'Aigle enſemble
Iô Pæan, Iô : toute la terre tremble
  Soubʒ leur aſtre eclarcy.
Dieu gard le plus grand Roy des Rois qui ſoint au monde
Dieu gard la Royne auſſi qui n'a point ſa ſecõde
  En ce bas monde icy.

20

Dieu gard tous deux, Iô, Paris, ville honorable
Paris ville d'honneur, qui n'a point sa semblable
    En son sein vous reçoit.
Pieça vous attendoyent & la Marne & la Seine
Vous tissant des chapeaux de verte mariolaine
    Qu'vn laurier caressoit.

Par trois fois ont leué leur teste hors de leurs ondes
Trois fois ont arresté leurs courses vagabondes
    Pour voir vos maiestez.
Or vous voila venuz : Iô voyez les festes,
Voyez les beaux lauriers pour deux si cheres testes,
    Qu'ils vous ont apprestez.

Voyez ramper en hault, le verdissant lyerre
Qui de ses tendres bras tous les pilliers enserre
    D'vn exquis appareil.
Es tu dõcques venu Roy puissant qu'on honore ?
Ne vois tu que le ciel plus clairement se dore
    Soubz un plus beau Soleil ?

Ne vois tu que Iunon a cette heure s'essuye
Le visage trempé de neiges & de pluye
    Quelle va dessecher ?
Ne vois tu que la Mer faulse-foy brise-roche
En sõ lit calme dort, sans qu'vn naufrage proche
    Menace le nocher ?

Ne vois tu que pour toy le grand nepueu d'Hippote
Race de Iupiter, en fa plus baffe grotte
    Tient les ventz enfermez?
Ne vois tu que pour toy la femme de Zephyre
Deploye fes threfors & fon epoux afpire
    Les champs de fleurs femez!

Regarde comme l'eau d'vn doux bruit te faluë,
Comme la Seine tend fa tefte cheuelüe
    Te voulant careffer.
Ainfi le Tybre fort aux ondes argentées
Brida iadis pofé fes courfes alentées
    Pour Cæfar embraffer.

Voy ton Louure orgueilleux, ouurage des Cyclopes,
Qui baiffe le fourcy de fes plus hautes cropes
    Pour te faire la cour.
Vois les aftres au ciel, vois le flambeau du mõde
Qui tirant de Tethys fa perruque plus blonde
    Nous apporte le iour,

Ecoute iargonner fur les chefnes fauuages
La fille a Pandion hofteffe des Bocages,
    A ton retour heureux.
Regarde en ta faueur les foreftz heriffées
Ia deja verdoyer de feuilles tapiffées
    Soubz vn vent amoureux.

Voy les préz ja fleuris : regarde les Fontaines
Qui d'vn flot clair-coulant ſerpentent ja tes plaines
    Par les champs emaillez.
Voy danſer rõdement les Nymphes de la Seine :
Ecoute trompeter la bleüe porcelaine
    Des Tritons ecaillez.

Icy les verdz Lauriers pleuroient en ton abſence :
Icy les pins aguz deſiroient ta preſence
    Et les rochers pointus.
Icy les bois toffus & les froides riuieres,
Icy deſaſtrement lamentoient leurs miſeres
    Les grands chateaux têtus.

Et vous, le ſeul honneur des coſtaux, ò Napées,
Vous ſçauez quantes fois la douceur de ces prées
    Vous a cy regretté.
Deux fois la Seine icy de voz larmes enflée
A bagné ceſt hyuer la campagne troublée
    De ſon flot argenté.

Icy l'on n'a point ouy des paſteurs la muſette,
Par ton abſence ell' à touſiours eſté muette
    Et les champs ſe ſont teus.
On n'a point ouy depuis le François Melibée
Qui ſes roſeaux enfloit ſoubz la verte ramée
    De ces Ormes honteus.

Ses troupeaux ont esté longtemps tapis a terre
Et comme estans frappez d'vn éclat de tonnerre
   N'ont rien voulu manger.
Bref: tout pleuroit icy pour ta trop longue absence:
On eust veu tout plaisir par ceste pauure France
   En douleur se changer.

Mais depuis ce retour & depuis cette entrée
Tout rit auecques nous, toute douleur chassée
   S'enfuit loing de ce lieu.
Les Satyres cornuz par les forestz s'esbattent :
Les Faunes oreillez du pied la terre battent
   Au retour de leur Dieu.

Les tertres non-tõdus, les ruisseaux qui s'erouēt
Les oyseaux emplumez, les chesnes qui se iouēt
   Semble ore plus beaux.
Vne commune ioye est en tous, & qui baisse,
La Seine aux pliz retors en ta faueur abaisse
   Le courroux de ses eaux.

Les Dryades icy chantent à ta venüe :
Des pastoureaux s'en va la brigade menüe
   Par les prez esbatant.
Chantent Iô Pæan les horreurs reculées
Des forestz & l'Echo par les basses valées
   En va redire autant.

24

Les champs auecques toy richement s'embelliſſẽt
Les chãps ſans ta faueur pauuremẽt s'enlaidiſſẽt
   Du froid hyuer ſouillez.
Les préz auecques toy d'un verd tapis fleuriſſent:
Les préz ſans ta faueur honteuſemẽt languiſſent
   De leurs fleurs depouillez.

O Roy le plus grãd Roy qu'ait encor' eu la Frãce,
O Prince heureux qui as ore tant de puiſſance
   En tes plus ieunes ans!
Et que ne m'a dõné Phœbus cent mille plumes?
I'emaillerois tes faits en autant de volumes
   Qu'on voit d'Aſtres luiſans.

Le Harpeur Thracien, le doux-ſonnant Orphée
Quand il auroit encor toute l'ame echauffée
   Ne me vainqueroit pas.
Adieu le plus grand Roy, adieu la plus grand' Royne
Que voye le Soleil, que la flambante plaine
   Couure en ce monde bas.

Adieu tous deux Iò tous deux aſtres de France
Adieu diſie & prenez en voz mains la deffence
   De Minerue & de Mars.
Ainſi puiſſe touſiours le nom de Valois croiſtre
Ainſi puiſſe touſiours le beau Lys apparoiſtre
   Entre les Eſtandars.

FIN.

IN ERAT
PRIN VER
CIPIO BVM
L P

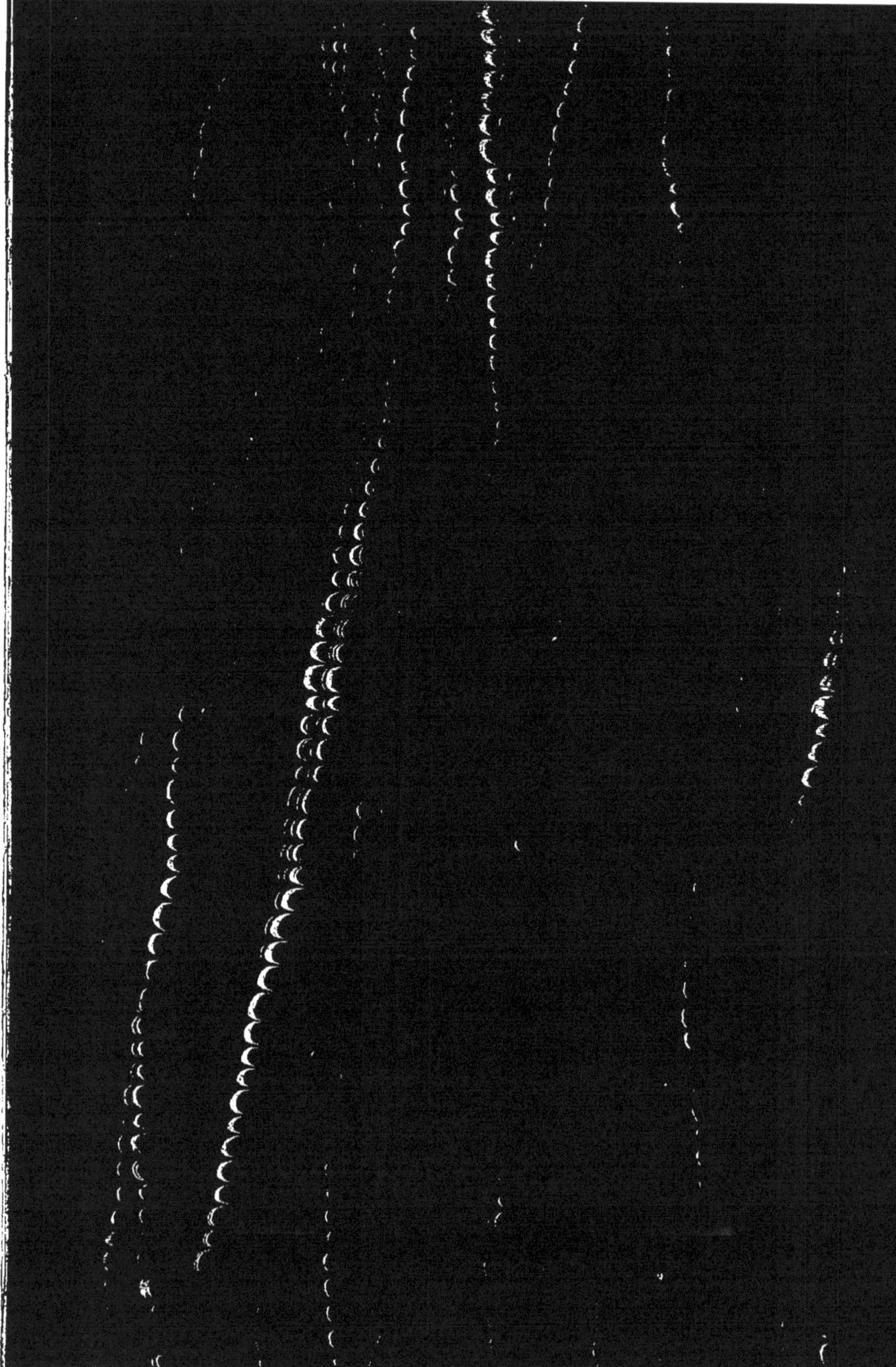

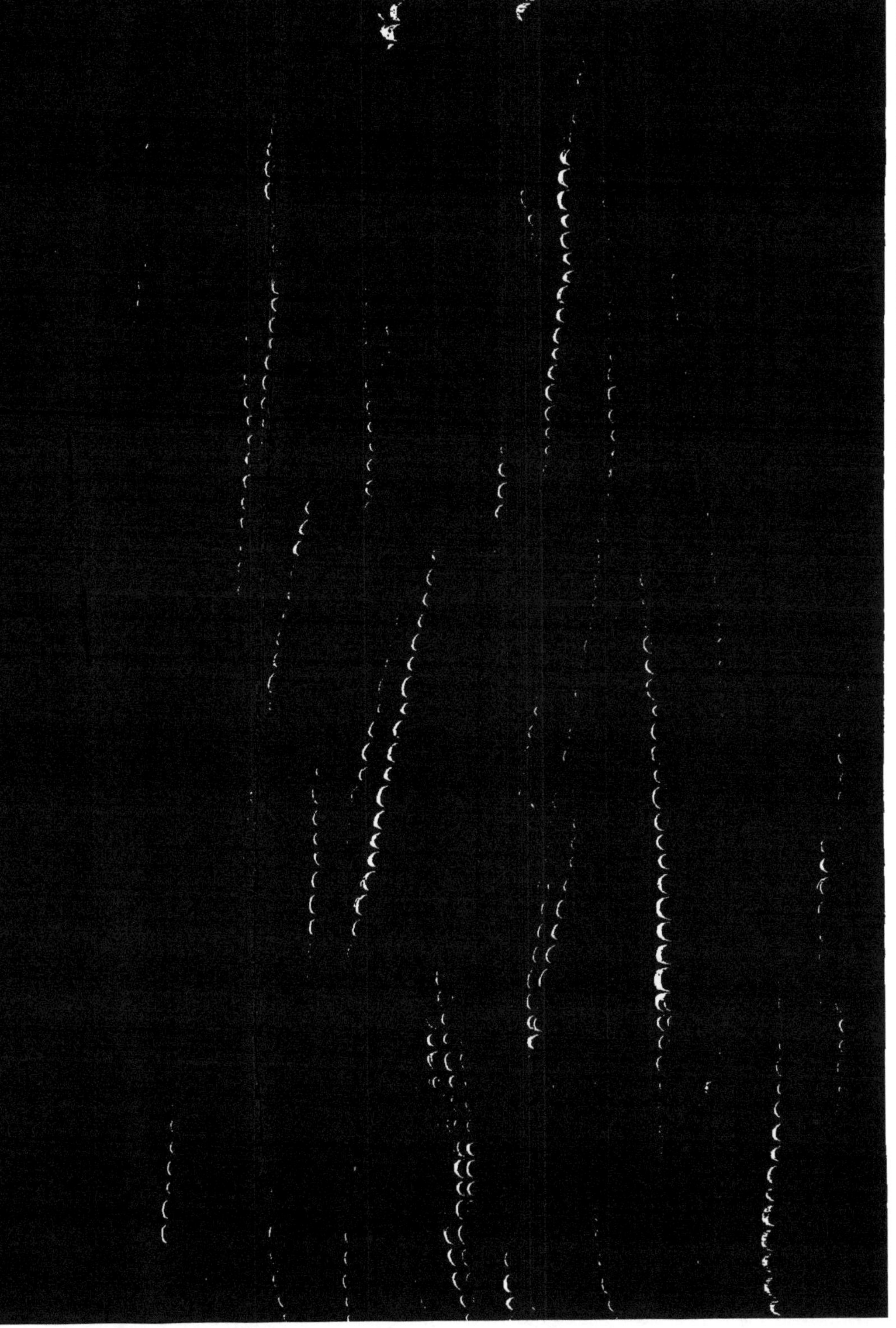